TRÊS DE MUDANÇA

Para Braz, Pablo Neruda, Sérgio de Magalhães Gomes Jaguaribe,
a turma de Ipanema e todo o povo carioca... Aquele abraço!

TRÊS DE MUDANÇA

Flávia Savary

Raquel Matsushita, ilustrações

© Elo Editora / 2020
© texto: Flávia Savary
© ilustrações: Raquel Matsushita

Texto fixado conforme o Acordo Ortográfico da Língua Portuguesa de 1990.
(Decreto Legislativo nº 54, de 1995).

Todos os direitos reservados. Nenhuma parte desta obra pode ser reproduzida ou transmitida por qualquer meio (eletrônico ou mecânico, incluindo fotocópia e gravação), ou arquivada em qualquer sistema ou banco de dados, sem permissão da Elo Editora.

Publisher: Marcos Araújo
Gerente editorial: Cecilia Bassarani
Preparação de texto: Ana Maria Barbosa
Revisoras: Elisa Martins e Salvine Maciel

Capa e projeto gráfico: Raquel Matsushita
Diagramação: Entrelinha Design

Dados Internacionais de Catalogação na Publicação (CIP)
(Câmara Brasileira do Livro, SP, Brasil)

Savary, Flávia
  Três de mudança / Flávia Savary; ilustrações
Raquel Matsushita. – 1. ed. – São Paulo: Elo
Editora, 2020.

  ISBN 978-65-86036-81-7

  1. Contos brasileiros I. Matsushita, Raquel.
II. Título.

20-51761   CDD-B869.3

Índices para catálogo sistemático:
1. Contos : Literatura brasileira B869.3
Aline Graziele Benitez - Bibliotecária - CRB-1/3129

1ª edição, 2020.

Elo Editora Ltda.
Rua Laguna, 404
04728-001 – São Paulo (SP) – Brasil
Telefone: (11) 4858-6606
www.eloeditora.com.br

⊚ eloeditora   ❋ eloeditora   ◉ eloeditora

Prefácio

"Taí, gostei desse negócio de literatura." O chofer Cesáreo, no mais infernal do trânsito carioca, fez essa descoberta. Chofer e escritor, de fato, são profissões de natureza semelhante. Levam pessoas daqui pra lá sem nada conhecer do seu passado e do seu futuro, não importando se são do bem ou do mal, virtuosos ou pecadores. São íntimos delas apenas enquanto viajam. Tanto o passageiro quanto o leitor importam para os dois profissionais apenas na medida em que vão a algum lugar, desconhecido de antemão, mas que é de sua obrigação levar.

Flávia Savary, uma escritora que transporta o leitor com segurança e conforto, chamou este seu livro de *Três de mudança*. São três histórias ligadas entre si por traços sutis que o leitor descobrirá. Não vou tirar o prazer da descoberta, farei notar apenas uma. A maneira dessa escritora por vocação e escolha consciente é o enredo de criaturas miúdas e anônimas: o assistente de contador, o marceneiro que veio do interior de Pernambuco, o aposentado, o chofer de táxi... Miúdas, anônimas e trabalhadoras. Também isso vai ficando raro na literatura de consumo atual: gente que se relaciona pelo trabalho ou a partir dele. O normal é se relacionarem pela imagem; a imagem é o seu ser.

Espero que o leitor se sinta, como eu, passageiro das histórias bem contadas (e bem contadas quer dizer de forma sedutora e convincente) por Flávia. Histórias de gente de verdade, não de simulacros.

JOEL RUFINO DOS SANTOS (1941-2015)
Escritor

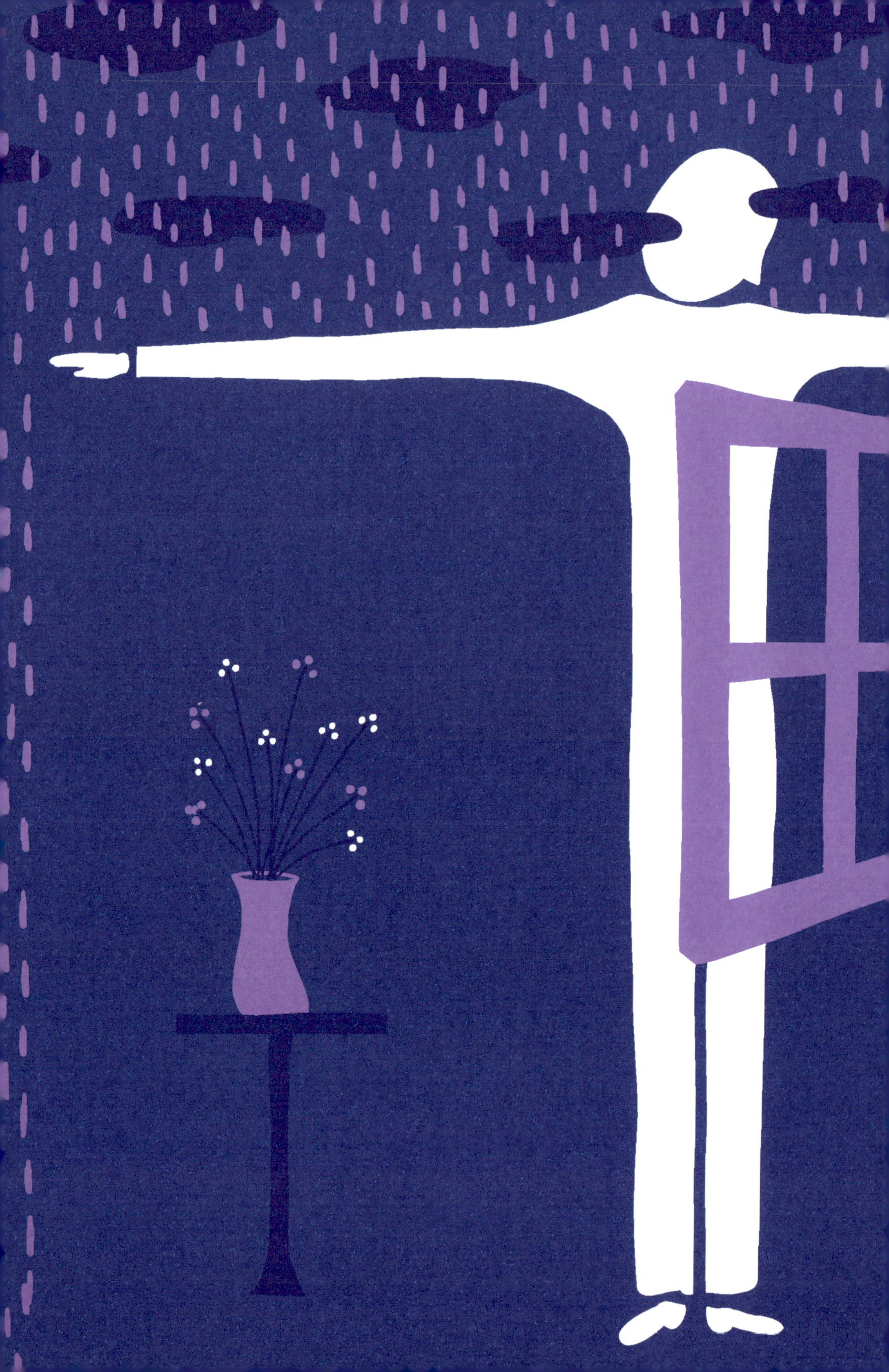

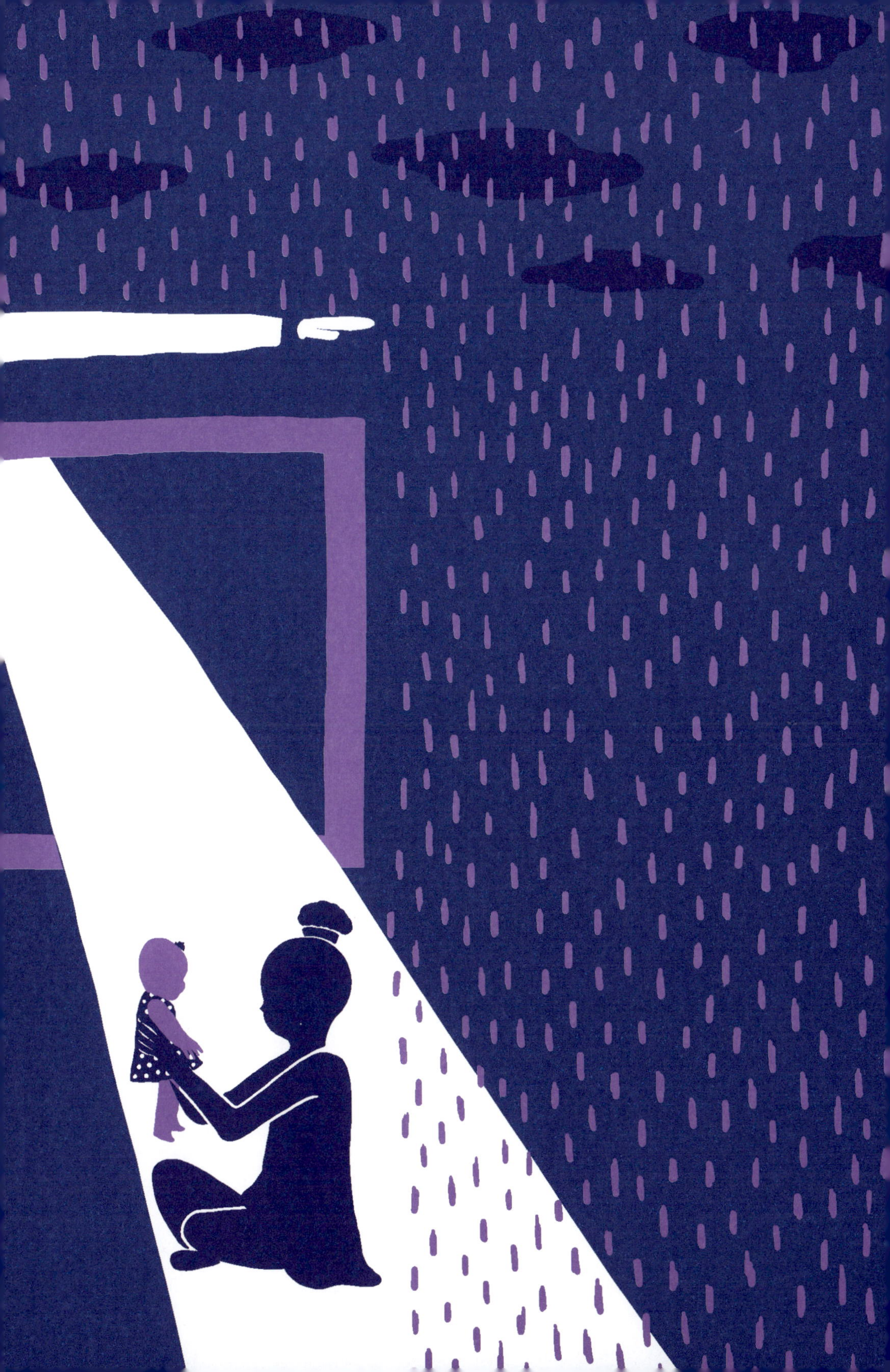

DE ÂNGELO A ANJO

Tem gente que não faz jus ao nome que tem... Dizem as más-línguas que o sujeito já veio ao mundo com o pior dos humores, tipo cara amarrada mesmo. Cheia de nós vazando de dentro pra fora.

Ângelo é como se chama esse meu vizinho. Pois "ângelo" do que se trata, senão de anjo? Uma peste, a peça! Implica com adulto, com criança, com cachorro, pipa, passarinho. O cara pega no pé de qualquer categoria de coisa móvel ou imóvel, sem trégua. O cabelo branco, sinal evidente da alta quilometragem, já devia ter fornecido alguma sabedoria ao cidadão. Nem que fosse pra ficar de bico calado, tava de bom tamanho pra melhorar a qualidade de vida dos vizinhos.

E o pessoal da vila é do melhor quilate (não porque eu seja morador daqui há mais de trinta anos). Gente humilde, mas muito pacata e trabalhadeira. Ninguém fica atazanando a vida alheia, todos têm mais o que fazer. Seja serviço de rua ou de casa, a lida do dia a dia cuida de deixar o povo ocupado. Mesmo os aposentados vivem oferecendo uma mãozinha pra qualquer coisa que esteja ao seu alcance. Uma beleza a nossa vila: mais que comunidade, uma família. Só o Ângelo destoa!

Pensa que não tentamos trazer ele pro nosso time, vestir a camisa da paz? Não foi nem um, nem dez que desistiram, de mulher a criança, de marmanjo a coroa da idade dele. Sem chance, o cara não dá trela pra ninguém! Era a cruz que Deus nos deu pra carregar, o tal sujeito. O remédio é aguentar, paciência – dom que Deus dá, também na medida.

Eu me chamo Raimundo. Vim do interior de Pernambuco, quase sertão. Como outros tantos, vim tentar a sorte em cidade maiorzinha. Não digo grande, porque nem de longe essa é uma cidade assim. Mas tá de bom tamanho pra mim, marceneiro de profissão e chegado a um lugar sossegado que nem eu. Cidade grande me embaralha com o tanto de carro, gente, prédio, *shopping*, briga de polícia e bandido. Não dou conta mesmo. Já conhecia o lugar da descrição de carta de parentes que chegaram primeiro. Segui o roteiro deles. Não é a mesma coisa que a terra natal, nunca vai ser. Mas se a oportunidade de vida melhor não cabia lá, pra mim e pros meninos, que jeito? Pôr-se em marcha.

Então, passada muita luta, sufoco pra pagar aluguel, pendura e despendura do SPC, de dever e quitar montes de crediário, prestação, carnê, banco, boleto e por aí vai, conseguimos realizar o sonho da casa própria nessa vila, que eu tava explicando como é. Quase um sonho de tão bom. Não fosse por vocês sabem quem...

Eu achava que tudo ia seguir assim, no mesmo ritmo, até o fim. Os meninos crescendo, me dando netos... além da Corisquinha, a única por enquanto... até ficar velhinho (mas não gagá!) feito o Ângelo. Foi quando me dei conta do trator. Engraçado, como é que pode a gente não perceber um troço daquele tamanho, bem do lado de casa?

A revolução começou num domingo. Desci pra rua, cruzei os braços sobre a barriga e fiquei assuntando, com a vizinhança, do que se tratava aquele bichão parado ali. Ninguém sabia direito, ninguém tinha visto chegar, nem com que propósito. E ficava difícil tirar entendimento do que se dizia, por causa da gritaria do Ângelo, mais atacado do que nunca, reclamando de uns meninos que jogavam bola na vila. Ele parecia parente do trator. Pois pra que serve o trator, senão pra passar por cima das coisas?

Foi o que descobri, no dia seguinte, ao voltar do trabalho. Minha mulher, nervosa que só, esperava no portão. Abracei-a forte pra acalmá-la (abraço é um santo remédio!) e trouxe a pobre até a sala, pra tirar a limpo o motivo de tamanha aflição.

– Dinho – é como ela me chama, pedaço do já diminutivo Raimundinho –, veio uma tropa de homens. Chegaram, nem deram bom-dia. Conversaram lá entre eles e danaram a fazer buraco no chão com aquela máquina. Tanta cavação, Dinho! As coisas aqui dentro tremiam todas. E eu mais do que elas. Tomei pra lá de um litro de água com açúcar e minhas mãos continuam assim, ó, parecendo vara verde em vento forte. Nossa casa vai dar conta do tranco, Dinho? Vai?

Catei a cabeça dela, encostei no meu ombro e fiz uns cafunés, enquanto matutava sobre o assunto. A gente aprende desde cedo que o homem tem de ser forte, ainda mais um sertanejo. Porém confesso, bem no íntimo do meu coração, que a notícia balançou meus alicerces também. Eu já vi casa vir abaixo por muito menos. Tá certo, nosso sobrado era muito do bem-feito. A matéria-prima podia não ser de primeira, dinheiro não tá sobrando pra isso. Aliás, pra nada. Mas sempre escolhi o melhor material que dava pra comprar. Levantei a casa com o fito de atravessar anos e gerações.

Só não contava que fossem tirar meu chão. Em todos os sentidos. Quem adquire um patrimônio sente que é dono de tudo em torno dele. As árvores da praça, os passarinhos, a paisagem familiar, que dá uma paz na alma quando a gente a reconhece de longe, vindo da labuta. Inclusive o que está por baixo de tudo, as raízes do seu sonho. Sim, porque casa própria hoje em dia é sonho – e dos grandes! Mas sonho sem raiz não tem serventia e escapa da mão. Que nem os tais pássaros voando de que fala o ditado: melhor um na mão que dois voando.

Comecei a fazer pesquisa na vizinhança e vi que a reclamação se repetia. Tremedeira, susto das mulheres e farra das crianças – pra quem tudo é brinquedo. A pureza de quem ainda não tem noção do perigo. Quando a primeira rachadura apareceu na parede do Zé Carlos, o morador da casa 15, é que a coisa começou a ficar feia de verdade.

Fomos tomar satisfação com o pessoal da obra. Eles responderam que não tinham nada com isso, que procurássemos os responsáveis, que a ordem deles era aplainar o terreno, a fim de construir um estacionamento no local. Ligávamos para a empresa e punham a gente ouvindo musiquinhas irritantes, esperando até cansar. Os tais responsáveis estavam sempre em reunião, nós que ligássemos outra hora. E seguiu nessa cantilena mais outro dia, outra semana...

Fizemos abaixo-assinado, procuramos a fiscalização de obras da prefeitura, programa de TV sensacionalista que se arvora de defensor dos interesses dos sem-vez e sem-voz, mas continuamos na estaca zero. Precisávamos guardar objetos de quebrar em caixas, empilhando tudo dentro de casa, como coisa que estivéssemos de mudança. E o medo, que trincava os nervos da gente, guardava onde? Uma sensação horrível essa de se sentir lesado em suas posses, seus direitos, sua paz, em plena luz do dia, à vista de todos!

Vocês pensam que, então, o Ângelo sossegou? Foi aí que o bicho desencavernou de vez! Fazia discursos furibundos contra Deus e o mundo, no meio da vila. Ninguém escapava de sua ira, mesmo que estivesse em posição favorável. Ou seja, mesmo sem sofrer os abalos que o nosso lado padecia, já que a casa dele ficava do lado oposto ao da muvuca.

Na semana que fechou o verão e o pessoal da obra pareceu chegar ao fim do serviço, despencou um daqueles torós de lavar o mundo. Raio, trovão, vento, tudo a que se tem direito. De novo, num domingo. Começo de noite, a família se reuniu pra assistir ao final do campeonato, jeito que achamos pra driblar o estresse dos últimos dias.

Quando nosso time fez o primeiro gol e os rojões explodiram por toda parte, ao lado da nossa casa ouvimos um som parecido. Só que não era de comemoração: a casa 13, a do seu Gonçalves, porteiro aposentado, estalando em todas as suas juntas, veio abaixo num estrondo de arrepiar defunto. Só deu tempo de o pobre sair correndo, de pijama e chinelos, agarrado a uma almofada de crochê da finada esposa.

Diante da tragédia, acabou o jogo e a brincadeira na vila. Debaixo de chuva, ninguém dando a mínima por estar mais ensopado do que um pinto, vieram mãos de todo lado pra salvar o que dava da casa desabada. Acontece que aquela não foi a única. A nossa, sem a parede do vizinho, descreveu um sinistro traço negro da rachadura que foi aumentando, fazendo filhotes em outros cômodos, balançando na desarrumação da sua estrutura, até vir abaixo também.

Tivemos melhor sorte (se é que se pode pensar em sorte numa hora dessas), pois ainda deu tempo de catar eletrodomésticos, cadeiras, objetos de uso pessoal. Cada membro da família, do lado de fora da ruína, parecia um náufrago, agarrado ao que conseguira salvar.

Domingo, chuva, noite... impossível achar cabeça pra resolver para onde ir. Todos os vizinhos ofereceram lugar para o pernoite. É certo que não couberam os parentes juntos numa mesma casa. Modestas, as casas já comportavam famílias grandes. A exceção era a do seu Gonçalves, que não existia mais. E a do Ângelo, com quem não se podia contar.

Apesar do estrago, foram só duas as baixas na vila. As outras construções resistiram. Tínhamos um teto provisório, café quente, TVs pra assistir ao resto do campeonato. Mas tudo dos outros. Os objetos que traziam fragmentos da nossa história, recordações particulares, jaziam sob uma mistura de escombros e lama.

Não estranhei o colchão da cama oferecida, mas não consegui desligar de jeito nenhum. Corisquinha também custou a dormir, chorando a boneca favorita perdida. Pra ela, uma filha. Um tambor bateu direto, no meu peito, até as três da manhã, quando todos pareceram pegar no sono. Desci até a sala, cuidando de fazer silêncio. Ainda chovia. Pela janela, uma panorâmica do estrago: a casa que nos abrigara era defronte à nossa. E vizinha à do Ângelo.

Foi com espanto que vi justamente a última coisa que esperava. Em meio à paisagem do desastre, Ângelo, usando galochas, sozinho, com uma bengala, fuxicava os restos da minha casa. No início, senti ímpetos de voar pra cima dele, fazendo o pior juízo possível do camarada. Julguei que, na calada da noite, ele esperava encontrar algo de valor. O que, de fato, encontrou.

Depois de virar e revirar, observei-o puxar pelos cabelos, do meio da lama, Maria Bonita, a boneca que era o xodó de Corisquinha. Sem vexar-se do ridículo, sem medo de se contaminar com a sujeira do entulho, sentou ali mesmo. Mirou a boneca longamente, imóvel feito estátua. De repente, sem aviso, danou a chorar igual criança.

Eu estava com pena de mim mesmo, da minha família, do seu Gonçalves. Tava mesmo, e com razão, diga-se de passagem. Mas aquela cena foi a que mais mexeu comigo. Para um sertanejo do meu porte, cheguei perto de cometer uma heresia: chorar também. No escuro, senti uma mãozinha puxando a barra da minha camisa.

– Vô, olha, seu Ângelo achou minha filha! Maria Bonita está salva, viva! Vou lá buscar.

O apelido Corisquinha não vinha à toa – ô menina mais destravada essa minha neta! Nem deu tempo de impedir. Num segundo, a menina atravessou a rua estreita da vila e se pôs ao lado de seu Ângelo. Pra minha surpresa, ela não arrancou a boneca das mãos dele, louca pra recuperar seu tesouro. Ficou de pé, aquele tico de gente, fazendo chamego no cabelo meio branco, meio enlameado do homem, mais morta de pena que de medo.

Munido de um guarda-chuva, corri e arrastei os dois pra dentro da casa onde estava instalado. Sequei Corisquinha e a boneca, e joguei um pano de prato pro Ângelo se ajeitar com ele. Ele, por sua vez, explicava mais pra si mesmo do que pra nós:

– Parece que estou vivendo tudo de novo, passados tantos anos... Era domingo e chovia. Eu e minha netinha assistíamos desenho na TV. Ela abraçada à sua boneca favorita, a cabeça miúda escondida entre meus braços, uma proteção segura contra os raios. E eu achava mesmo que podia protegê-la de todo o mal do mundo, depois que minha filha a largou aos meus cuidados. Era só por um tempo, enquanto ela tentaria a sorte na capital. Quando se aprumasse, voltaria para buscar a filha. Fiquei doído com a separação, já sentia saudades por antecipação. Mas entendi. É a crise, fazer o quê? Ela era o meu tesouro, uma menina assim, parecida com a Corisquinha. Prometi que iria visitá-la sempre. E minha neta me fazia prometer cada vez mais visitas. Um grude, nós dois. De repente, um raio, seguido de um estalo que me pareceu mais forte que os demais. Só que o estalo não era do raio, era a encosta, atrás da cozinha, que veio com tudo pra cima da casa. Eu fui cuspido pela janela quando a lama atingiu a lateral do sofá onde estávamos sentados. Mas ela, tão pequena, foi coberta por aquela mortalha de terra. Mesmo com fratura em várias costelas, busquei, busquei. Nada. Só consegui salvar sua boneca, a metros de distância.

Ele abaixou a cabeça, fez uma longa pausa e chorou ainda mais alto do que antes, acordando todo mundo na casa. Pensaram que era eu. Tomaram o maior susto quando, ao descer as escadas, deram de cara com a cena: seu Ângelo, aos prantos, abraçando, de um lado, Maria Bonita e, do outro, Corisquinha, que dizia:

– Chora não, vozinho. Eu faço lugar de sua neta, se o senhor quiser. Meu vô não é ciumento, né, vô?

Fui convocado a participar, tinha de dizer alguma coisa. Alguém, além de uma criança, precisava quebrar o gelo:

– Ô seu Ângelo, Corisquinha é neta que nem um batalhão de avós dá conta. Podemos dividi-la, sem problema.

Um perdão tão pronto, tão sem condições, era coisa que ele não esperava. Já se habituara a ser rude e, em troco, receber rudeza. Um círculo vicioso de machucaduras. Aquele "sim" aberto, sem defesa, nem rancores do passado, deve ter entrado feito um facho de luz em suas entranhas, curando feridas antigas. Pois o que busca o homem, senão ser feliz? E feliz é como nos contos de fadas: "felizes para sempre" – no plural, nunca no singular.

Só sei que o que senti ímpetos de fazer quando o vi remexendo minhas coisas, fez o sujeito, sujo do jeito que estava: voou em cima de mim. Não pra fazer mal, mas me abraçar, agradecido, aliviado. Trazido de volta à vida. Que nem Maria Bonita, salva do esquecimento, de volta ao afeto da mãe de brincadeira, Corisquinha.

Tirado o espinho feio que a perda e a dor lhe cravaram no peito, vimos, abestalhados, nascer o anjo que faltava em nossa vila. O cara, de quem nada se sabia, revelou-se mestre de obras, engenheiro improvisado, decorador, sabia tudo de construção de casa, por dentro e por fora. Com aquele vozeirão, que adestrara nas muitas brigas, dava voz de comando ao mutirão que ele mesmo convocou na vila e era o mais incansável dos trabalhadores. Bastava um camarada sentar um tiquinho ou bater um dedo de prosa com outro, lá vinha o capitão pôr todo mundo na ativa de novo.

Ângelo foi o herói do milagre do reerguimento das casas ruídas. Uma ruína restaurada que restaurava outras. Reconstrução era com ele mesmo, depois de tantos anos de abandono. Pra quem vinha adverti-lo de que primeiro tinha de reclamar os direitos junto à firma que fez os estragos, a esse ou àquele órgão da prefeitura, a fulano e beltrano, ele fazia um muxoxo e repetia:

– Vá você cuidar disso, se acredita que é coisa que se resolva em dois tempos. Mas casa de amigo que empresta a própria neta é coisa pra já!

E cortava o assunto com outra ordem.

O pessoal da vila continua a ser do melhor quilate (não porque eu seja morador daqui há mais de trinta anos). Gente humilde, mas muito pacata e trabalhadeira. Ninguém fica atazanando a vida alheia, todos têm mais o que fazer. Seja serviço de rua ou de casa, a lida do dia a dia cuida de deixar o povo ocupado. Mesmo os aposentados vivem oferecendo uma mãozinha pra qualquer coisa que esteja ao seu alcance. Uma beleza a nossa vila: mais que comunidade, uma família. E o Ângelo, que Deus levou depois de verificar a falta de um anjo no coro celeste, passou a ser a memória mais doce de todas. Mais que isso, foi com o nome dele que batizamos o lugar: Vila D'Ângelo. Afinal, duas casas ali possuíam a assinatura de um anjo – e isso não é pra qualquer um!

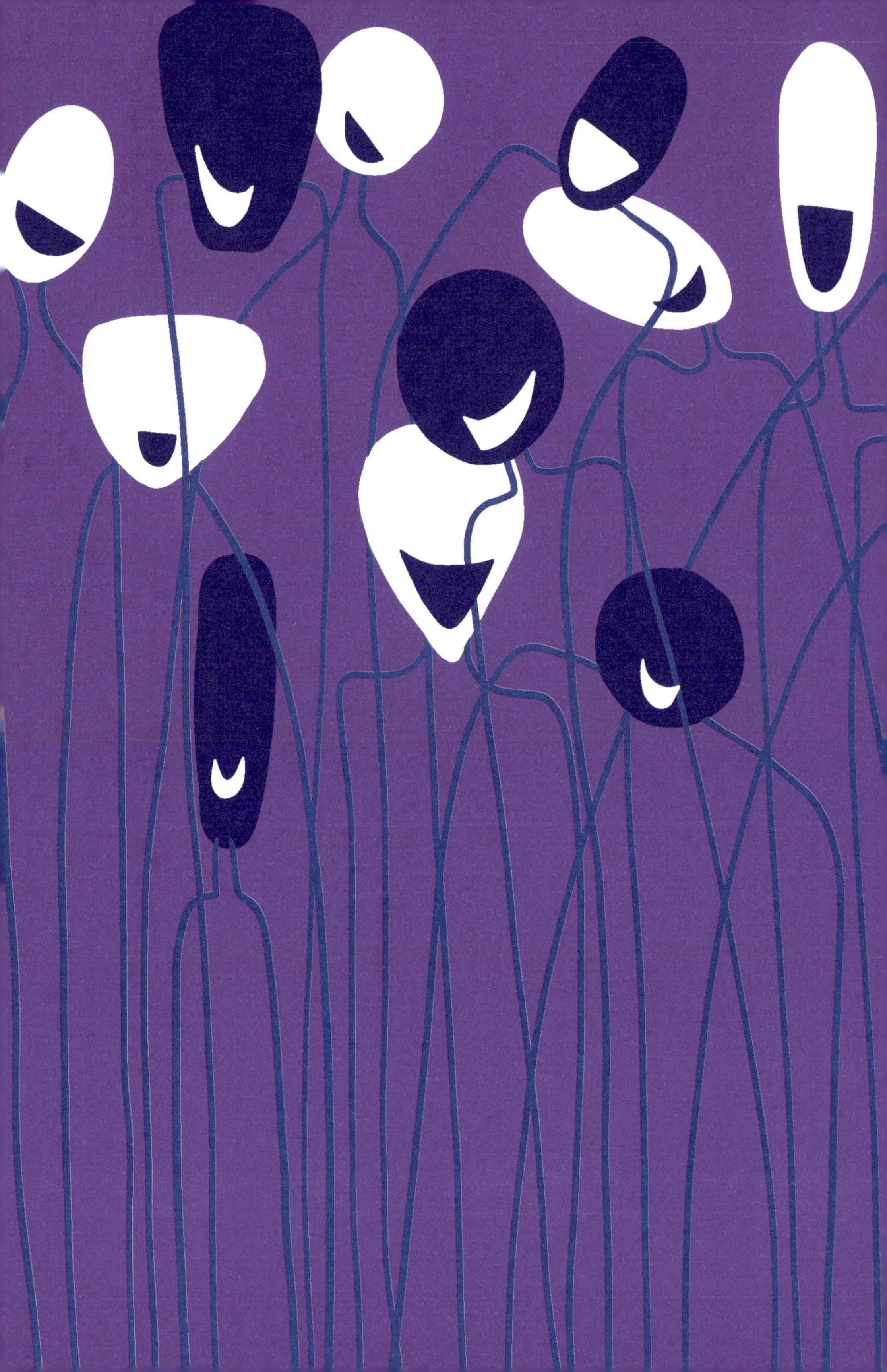

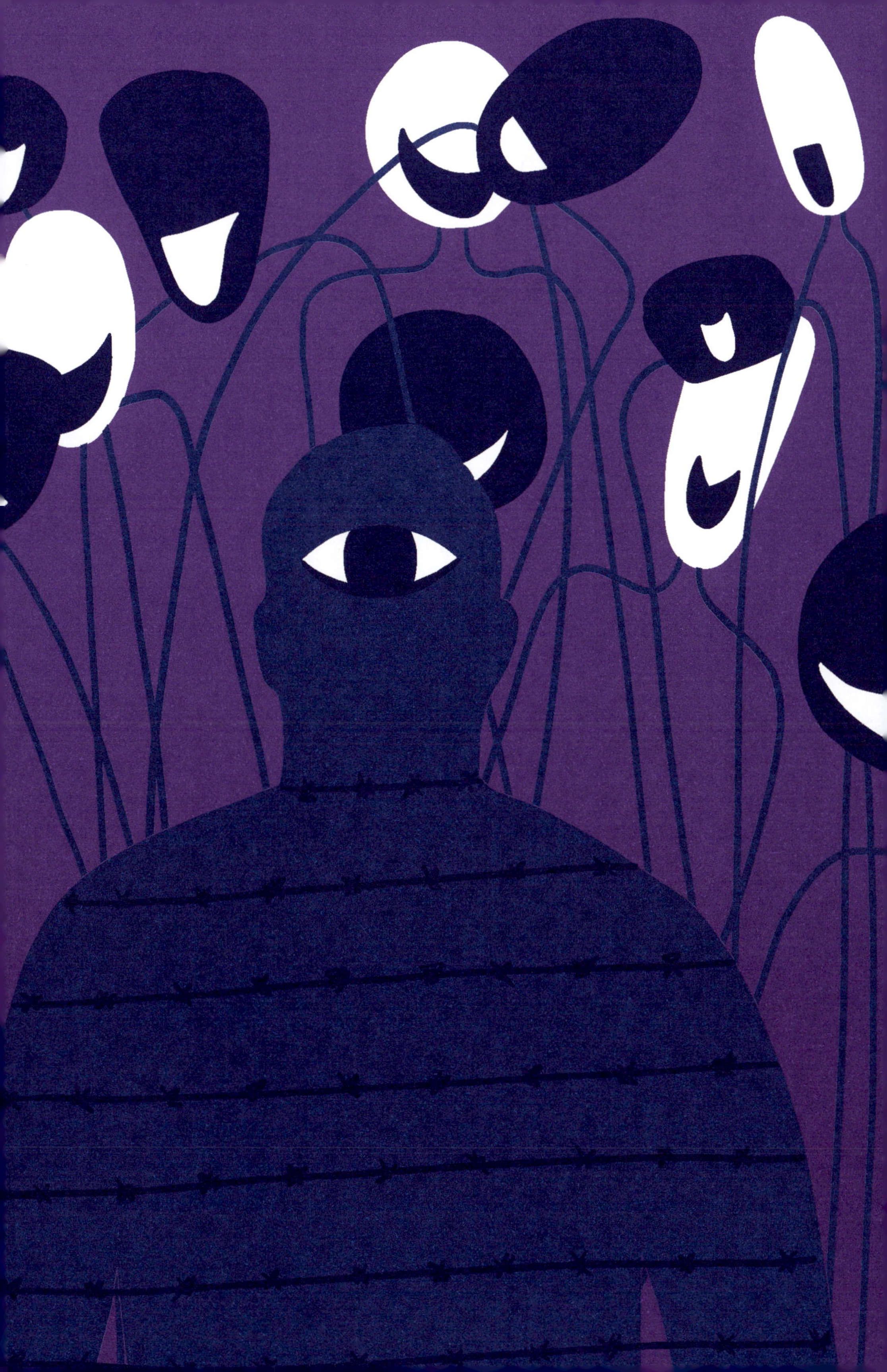

FAÇA POR ONDE ACREDITAR, SEU BALTAZAR!

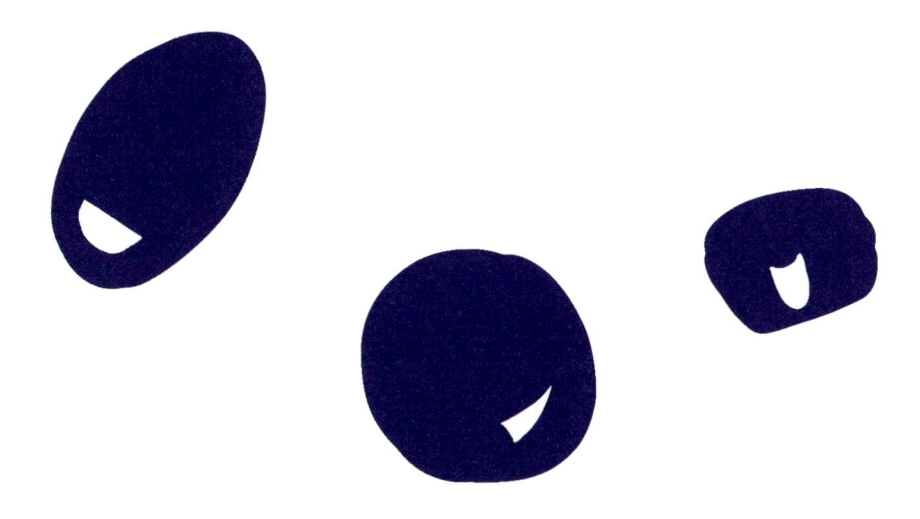

Todo dia ele faz tudo sempre igual. Se levanta às seis horas da manhã. Senta à mesa pra ler o seu jornal, saboreando o café da manhã. Parodiando a letra do Chico Buarque, na música "Cotidiano", a vida de seu Baltazar é sinônimo de rotina rígida.

Funcionário-padrão, jamais chegou atrasado ao serviço – em nenhum dos 12.045 dias! Sua assiduidade ao escritório de contabilidade é exemplar. Para nosso herói, pontualidade é tudo. A ponto de, mesmo tendo experimentado alguns namoricos na adolescência, abandonar de vez a ideia de casamento, após sofrer com o atraso das jovens a cada encontro amoroso. A torturante imagem do noivo solitário no altar, à espera de uma noiva que nunca chega, o fez decidir-se pela vida celibatária.

A bem da verdade, seu Baltazar não é o que se pode chamar de pessoa de fácil convivência. Metódico, é do tipo que dá visto nas matérias lidas. E chega ao cúmulo de registrar comentários, à margem da coluna do jornal ou da revista: tinta azul, quando concorda com o articulista; vermelha, em sinal de protesto.

Entre as poucas coisas que aprecia, acompanhar o noticiário ocupa o primeiro lugar. Começa o dia bem cedo, nem tanto por causa do horário de trabalho, mas para ter tempo de instalar-se confortavelmente na cadeira favorita e assistir, pela TV, às primeiras notícias. Notícias escrupulosamente conferidas nos jornais, enquanto toma café com biscoitos.

Política, economia, futebol, crime, fofoca, não importa o tema, seu negócio é estar por dentro. Difícil é descobrir a finalidade de tal hábito, já que seu Baltazar é um homem de poucos amigos. Na verdade, "homem de poucos amigos" é uma maneira gentil de dizer que a única pessoa com quem ele troca raríssimas palavras é o cara que serve cafezinho na repartição. Café e notícias, sim, senhor, eis o mundo perfeito! De mais nada sente falta seu Baltazar.

Até o dia em que a televisão transmitiu, ao vivo, o memorável encontro daquele chefe de um país oriental com o chefe de um país ocidental. Oponentes históricos, sistemas de governo conflitantes, tudo levava a crer que ali estava um prato feito para os "apocaliptistas" de plantão. Seu Baltazar já antevia a troca de ofensas, cada qual querendo parecer mais digno de confiança e injustiçado do que o outro, perante milhões de milhares de olhos da opinião pública mundial.

Flashes espocaram quando os dois líderes adentraram a sala de imprensa. A explosão de luzes trouxe à mórbida imaginação de seu Baltazar a imagem de guerras transmitidas ao vivo; para ele, meros filmes de ação. Como se não lhe dissessem respeito e não acontecessem, à vera, no mesmo planeta em que ele vivia e do qual dependia.

Com os cotovelos apoiados na mesa, esticou a cabeça na direção da tela, espremendo os olhos miúdos, a fim de não perder detalhe nenhum do bate-boca. A cena presenciada, porém, foi bem outra. A cerimônia teve início com uma amável troca de presentes. Os líderes lembravam crianças excitadas que, despedaçando os papéis de embrulho, os espalhavam por toda a sala. Que falta de protocolo! O primeiro a mostrar seu presente foi o chefe do país oriental: um garboso chapéu de caubói, feito do melhor couro e adornado com tachinhas de prata. Contemplou o presente longamente, mal escondendo a admiração diante de objeto tão raro em seu país, enquanto duas lágrimas rolavam de seus olhos comovidos.

Seu Baltazar esfregou os próprios olhos, incrédulo. Em ponto de discar para a estação, a fim de reclamar da transmissão que julgava defeituosa, as câmeras voltaram-se para o outro líder. Seu presente? Uma miniatura de torre de petróleo, engastada com pedras preciosas. E o mais bacana: ao pressionar-se a base da torre, fluíam gotinhas do precioso ouro negro. O chefe oriental, mais acostumado a arroubos de emoção, típicos da natureza de seu povo, derreou-se no ombro do colega, que, apoiado no ombro do outro, pôs-se igualmente a derramar copiosas lágrimas.

– Nada fiz para merecer tamanhas honrarias, das quais sou indigno... Por Alá, perdoe-me! – desmanchava-se o barbudo homem do lado oriental, em seu inglês carregado de forte sotaque.

– Em absoluto! Sou eu quem lhe deve desculpas pelos muitos embargos e desconfianças. Doravante, seremos amigos do peito!

Deixaram a sala sob aplausos, selando a fraterna amizade com um brinde do doce e ardente áraque, acompanhado de um *cheeseburger* triplo.

Normalmente, a primeira reação de seu Baltazar seria a de reclamar junto às transmissoras, como quase fizera. Mas o assombro, diante da inusitada cena, o paralisara por completo. Aquilo devia ser uma encenação, teatro pra inglês ver. Só não conseguia entender com que propósito. "E que atores canastrões!", repetia para si mesmo. Não, ele não se deixaria enganar por uma jogada de *marketing* barato da mídia. Com um gesto de impaciência, apertou o gatilho do controle remoto e mandou a transmissão de TV para o espaço!

Respirou fundo, e o gostoso cheiro de café o trouxe de volta à realidade. Tomou vários goles, até sentir-se senhor da situação de novo. Abriu o jornal e procurou, como de costume, as manchetes mais escabrosas. Nada achou além de notícias alvissareiras. As colunas de economia destacavam os índices de crescimento em todos os setores. Sim, porque a prioridade não mais seria pautada pelo lucro, a ultrapassada fórmula de grandes esmagando pequenos. Megaempresários, lobistas, banqueiros, especuladores de toda ordem haviam finalmente decidido, depois de confabular junto aos líderes dos países em desenvolvimento, que chegara o tempo de colocar o homem no centro, não o dinheiro – e muito menos a ganância. Os modelos adotados até então, diziam eles, redundaram em enorme fracasso. Um novo sistema precisava desabrochar, no qual os povos unidos lutariam pelo bem comum.

– Isso é um complô, só pode ser! – resmungava o pobre homem, perdido entre os escombros de um mundo velho e falido. Disparou rumo ao quarto, à cata de um objeto há muito esquecido nas residências modernas. Custou a encontrá-lo em meio a velhas quinquilharias, lembranças arquivadas de outros tempos. Custou, mas achou. Em seguida, correu até uma lanterna (que reservava para dias de blecaute) e desfalcou-a das pilhas que instalou no velho radinho AM/FM. Este demorou a emitir um som que fosse, feito quem desaprende de falar. Mas, da chiadeira inicial, seu Baltazar aos poucos reconheceu a transmissão de um programa de comentários esportivos.

Aproximou os ouvidos do rádio, ávidos por notícias sinistras, mas... colheu apenas nova decepção! A mesa de debates compunha-se de jogadores de times adversários, cronistas que seu Baltazar conhecia de longa data, da imprensa marrom, além de chefes de torcida. Em suma, uma gangue de promotores de baderna. Por incrível que pareça, ao ouvir as falas, tinha-se a impressão de que se tratava de um programa de troca de receitas. Receita de quem sairia vencedor no quesito cortesia ou símbolo de conduta mais leal, dentro ou fora do campo. Pedidos de perdão se faziam (e eram aceitos!) por cada canelada, xingamento e ofensa, seguidos do compromisso de jamais repetir um ato que ferisse os nobres princípios do desporto. Os chefes de torcida, com os mesmos gritos que, antes, eram de guerra, agora conclamavam à paz. O presidente da mesa, contaminado pelo clima de perfeito cavalheirismo, afirmava, com a voz embargada:

– De fato, nobre ouvinte que nos prestigia com sua audiência, o tempo é de paz. Paz que brota da vontade de acertar, acertando diferenças do passado. Não com pancadaria, mas boa vontade. Afinal, a paz é para os homens de boa vontade, não é mesmo?

Seu Baltazar, lívido, espremia o radinho entre as garras. Sim, porque, a essa altura, sua vontade, não fosse ele sujeito tão habituado ao autocontrole, era a de lançar o aparelhinho pela janela, num arremesso de campeão, espatifando o pobre em mil pedaços sobre o asfalto (ou na cabeça de um incauto...).

Sem conseguir esperar pela habitual hora de dirigir-se ao trabalho, saiu às tontas pela rua. Tentava achar uma ilha de lucidez, no meio da loucura generalizada em que se encontrava. Nem sequer deu bom-dia ao porteiro, que estranhou a falta do cumprimento, ritual de anos a fio. Seu Baltazar circulou o quarteirão inteiro, parecendo um cão raivoso, esquecido até da inseparável gravata.

Quase a dobrar a esquina, ouviu a tão famigerada frase que, estranhamente, o encheu de contentamento:

– Aí, gente boa, vai levantando as mãos que isso é um assalto!

E mais não se ouviu. Pensando tratar-se de um amador, seu Baltazar resolveu dar uma forcinha ao novato:

– E o que vai ser dessa vez, meu filho? Carteira, relógio? Cordão de ouro não tenho, e o cartão de crédito esqueci em casa. Posso voltar pra apanhar, se você quiser.

– Não, doutor, não é nada disso que o senhor tá pensando. Era só um teste, pra ver se o senhor se lembrava de mim, pela voz. Mas, pelo que vejo, o doutor não é muito bom de ouvido, certo?

Colocando-se diante do assaltado, o "assaltante" apresentou-se:

– Meu nome é Miltinho, seu criado. Qual é sua graça?

– Graça? Não tem graça nenhuma!

– Seu nome, meu senhor. Eu tô querendo saber seu nome. É melhor resumir a ópera... Já vi que o doutor tá meio fora de órbita. Seguinte, hoje foi estabelecido o "dia da devolução". Quem roubou tá tentando achar o antigo dono e, na medida do possível, restituir o objeto do furto. Chega de vida na corda bamba! Tem trabalho, se me permite a expressão, "saindo pelo ladrão". "Pelo ladrão", essa foi boa, ha, ha, ha! Vagabundo só não trabalha se não quiser. Pobre virou gente de valor, sacou? Força de trabalho essencial ao bom andamento da nova organização social do mundo. Arranjei até carteira assinada – e sem burocracia, meu! A adesão foi total, olha só o agito à nossa volta! E, no controle de tudo, a polícia. Que finalmente assume seu papel de mantenedora da ordem e do progresso.

Desconfiado de que o papo do cara era pra lá de furado, mero truque para distraí-lo, seu Baltazar olhou de banda. E deparou-se com a mais insólita das cenas:

carretas, caminhonetes, kombis, vans, até carrinhos de mão, cruzavam de um lado para o outro, parando aqui e ali, checando endereço e dono. Assim que os dados conferiam, os donos recebiam a mercadoria roubada de volta. Não raro, os que tinham seus bens restituídos ganhavam, de lambuja, "ofertas da casa", digamos assim. Cortesia do ex-bandido pelo transtorno.

Seu Baltazar largou Miltinho falando sozinho e seguiu seu caminho. Agora ia bem devagar, quase arrastando os pés. Que espécie de loucura contaminara a todos? Que mal era esse, do qual ele parecia o único a permanecer imune? Gentileza, cortesia, o mesmo espetáculo por toda parte, protagonizado pelo maior elenco já visto – a humanidade!

Grades e muros eram derrubados, porteiros eletrônicos desativados, praças devolvidas ao convívio, sem exclusões. Até os pássaros pareciam sentir os novos ares de um mundo que se reorganizava com paz e harmonia. Vinham em bandos, cada vez maiores, para pousar sobre estátuas, postes, automóveis e mesmo sobre os passantes. Parecia que o medo fora banido para um lugar que ninguém desejava conhecer o caminho.

Depois de andar a esmo, surpreendendo-se diante de cada nova cena, parou em frente da banca onde costumava comprar jornais e revistas. Seu Sotero, o espanhol dono da banca, sempre de bom humor, saudou-o com um efusivo bom-dia. E esperou pelo pedido do cliente.

Descontrolado, seu Baltazar começou a tirar, uma a uma, revistas e jornais para fora das prateleiras. O que estaria procurando? O de sempre, o susto nosso de cada dia, que ele não mais conseguia encontrar fora, só dentro de si mesmo. E apenas por recusar-se a viver de um modo diferente do que aprendera de seus antepassados. Ou em leituras de jornais e revistas, ou na TV e na internet.

Queixo apoiado na mão, com toda a paciência do mundo, seu Sotero observava o desvario do cliente que revirava a banca de pernas pro ar. Mesmo revistas de fofoca, no lugar de escarafunchar as entranhas dos famosos, atinham-se ao espaço delimitado pela ética, com profundo respeito pela privacidade dos entrevistados – nem mesmo suas idades revelavam mais! A boa-nova estava no ar! Quase a ponto de babar, seu Baltazar voltou-se para o dono da banca e perguntou:

– Estou farto desses pasquinzinhos e jornalecos mentirosos. Cadê as notícias de verdade? Os crimes, corrupções, desvios de verba e de conduta? Onde está o mundo real? Basta de mentiras edulcoradas que forjam um mundo que não existe, de justiça, perdão, solidariedade e paz!

Seu Sotero, dando um suspiro profundo, saiu de trás do balcão. Ostentando um sorriso plácido, abaixou-se e começou a arrumar a bagunça feita pelo outro. Sem desviar o rosto, lançou um maroto olhar de soslaio a seu Baltazar e disse simplesmente:

– Faça por onde acreditar, seu Baltazar!

crianças não pegam táxi

Ziraldo, autor consagrado, detentor do prêmio Hans Christian Andersen, correspondente ao Nobel de literatura infantil, quando foi jurado de um concurso em Florianópolis, empolgou-se com o texto de Flávia Savary, que acabou ganhando o primeiro prêmio por unanimidade do júri.

Assim, de estalo, me lembro de poucos "livros para crianças" que me impressionaram (Lewis Carroll não vale, esse é o Mozart da literatura): uma história que Faulkner escreveu para distrair o neto, acho que se chama *A árvore dos desejos*, mais os livros de Jules Feiffer e Shel Silverstein (puxando a brasa para os humoristas).

Aí Flávia me pede para fazer a apresentação do conto. Não tinha como recusar: afinal de contas, ela é minha filha.

Meninos, eu vi! é uma história narrada por um taxista. Estou por dentro, ando de táxi há anos. Mas já quase passei das vinte linhas que ela me pediu e ainda não falei do conto. Flávia escreve bem, melhor que eu e o Ziraldo juntos. Meu problema é que impliquei com o personagem, um tal de Cesáreo.

Ele adora bater papo com os passageiros do seu táxi. Comigo ia se dar mal: quando pego um táxi, sento no banco traseiro, abro o jornal e mando tocar para onde quero ir. Se estiver com o rádio ligado, peço para baixar o volume.

O conto é ótimo, mas Cesáreo é um falastrão. E daí? Livros geniais, como *Crime e castigo* e *O processo* também têm como personagens centrais caras com os quais eu não gostaria de beber.

JAGUAR

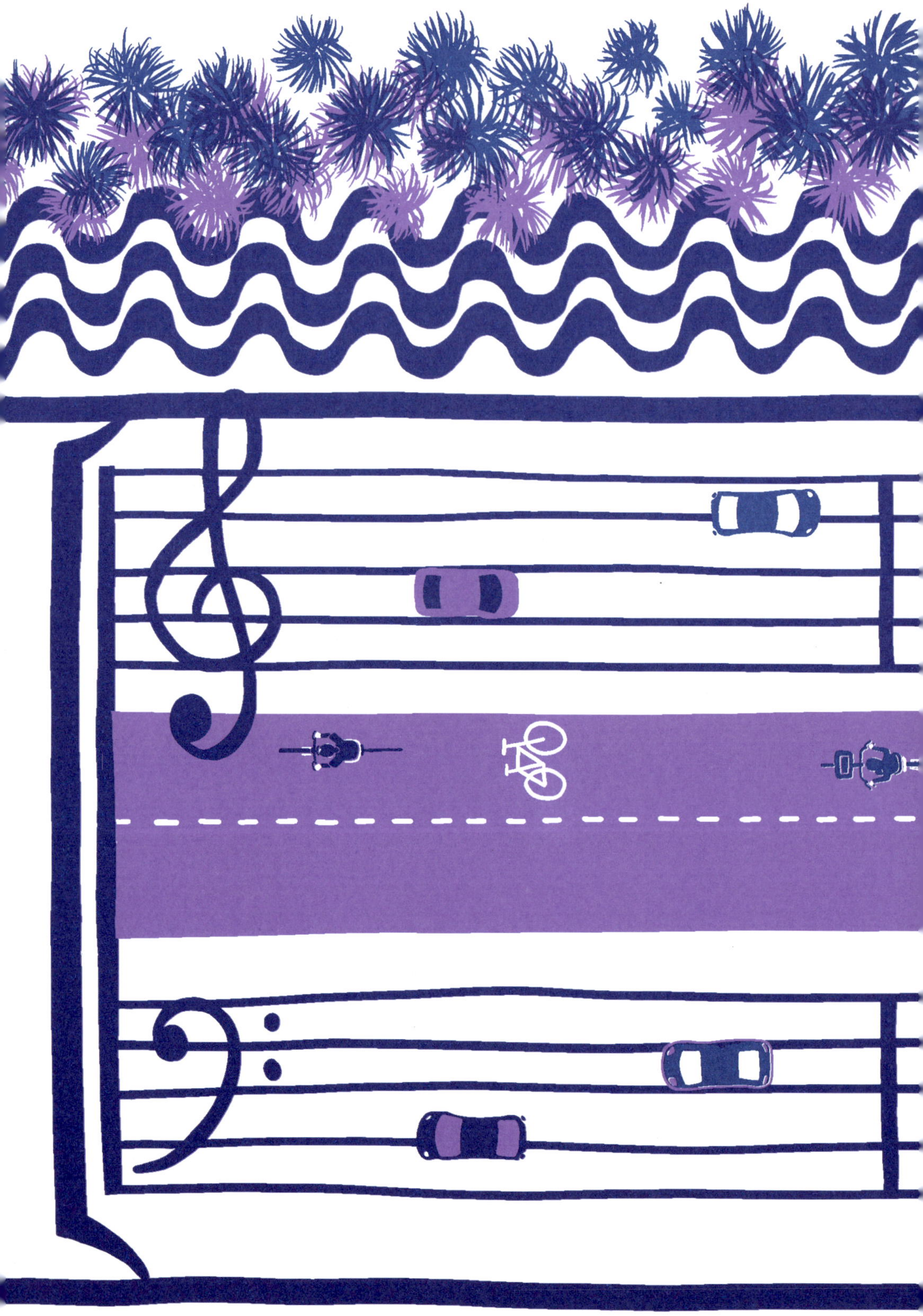

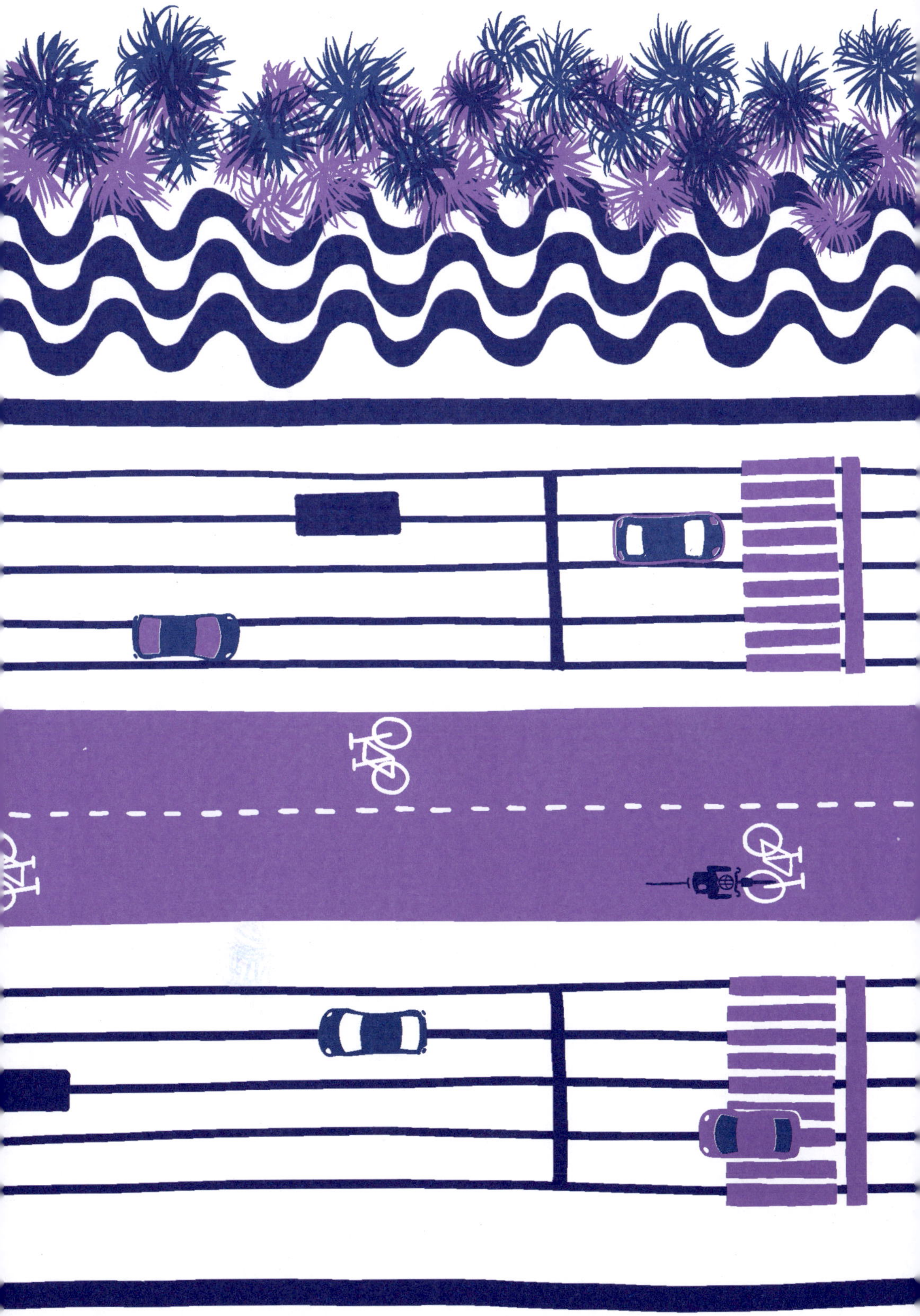

MENINOS, EU VI!

Preso. Totalmente preso nesse trânsito desde as cinco horas. Calor de rachar o coco. Rio, verão, quarenta graus. Saída de colégio. Também, quem mandou aceitar freguês pra Botafogo a uma hora dessas? Agora aguenta! Que remédio? Tem prestação do carro pra pagar, o leite do miúdo, os luxos da minha princesa de aparelho nos dentes... Rapaz, por falar em "minha princesa", aquela moreninha parada ali, de uniforme, como lembra a Tatiana! Parece delírio – e deve ser –, mas tô vendo a cena em câmera lenta. O cabelo preto levado pelo vento, igual fumaça de pneu quando queima, o aparelho brilhando feito lataria tinindo, o azul da sainha plissada, cor de assento de carro de bacana. Ou daquele caminhão que eu tinha antes de virar taxista...

Que vida eu levava: a estrada era um sem-fim de surpresas! Quanto de Brasil levo na cacunda da memória! Quantos amigos deixei pelos postos de gasolina desse mundo de meu Deus... Acorda, homem! E dos perigos, lembra mais não? Que nem naquela vez em que dormi na direção, achando que tava nos braços de Naná. Braço macio, que engana motorista direitinho, é o braço da morte. Canta que nem sereia, zoando no ouvido da gente. Vai dando uma lombeira, você vai se largando e, quando vê, ela dá uma gravata pra te levar pra casa dela. Mulher esquisita essa tal de morte – namora pra matar.

Hoje tô versado em versos! Deve ser aquele passageiro que peguei de manhã. Escritor, ele disse. Parecia mesmo. E você, por acaso, conhece gente de letras, companheiro? Conheço, conheço sim, senhor! Tá me chamando de ignorante, é? Conheço até autor de novela, já fiz duas corridas com um desses. Sujeito maneiro: revelou inclusive quem ia ficar com a mocinha da novela das oito. Não que eu veja novela, longe de mim! Mas, às vezes, passo pela sala, a TV tá ligada, minha mulher e as crianças ligadas nela, acabo me ligando também. Só isso.

Pois o sujeito era escritor, cara de escritor, cheiro de escritor. E escritor tem cheiro? Sei lá, só sei que ele tinha um monte de livros publicados. Perguntou se eu conhecia algum dos títulos. Rapaz, eu embatuquei. Que saia justa! Até leio, de vez em quando, uns livros que aparecem na banca de jornal. Pedi pra ele dar uma panorâmica da história, que minha memória não era muito boa pra título, aquelas enrolações. Ele inclinou a cabeça de lado, sorrindo como quem tava sacando tudo. Não deu pra descobrir direito o que ele pensou porque estava usando os óculos escuros mais escuros que já vi. Se o cara não tivesse olho, ninguém ia descobrir. E quem já viu alguém sem olho?

Eu já vi... "Meninos, eu vi!", conforme dizia meu avô, pescador lá em Paquetá. Coisa boa, infância em Paquetá, quando nem se pensava em poluição. Hoje, vá pescar naquele mar pra ver o que pega – pega é doença! Que coisa o homem faz com a Terra, rapaz! A Terra é que nem a gente: tem que saber cuidar. Se maltratada, o troco é certo. Depois, quando ela dá a famosa gravata, acham ruim. Pintam a carantonha feia da morte na cara da Terra e não querem levar gravata. É mole ou quer mais?

Concentra, Cesáreo, concentra! Já sacou que você começou um monte de casos e não terminou nenhum? Deve ser canseira... Esses carros todos aí na frente (e atrás também) parecem ter virado planta e criado raízes. Que nem naqueles filmes de ficção científica, com seres de outro planeta que mudam a ordem das coisas aqui na Terra. Já pensou: carro virar árvore? Eu bem que colheria pencas de carro no pé, e nem carecia mais enfrentar esse caos pra ganhar o pão nosso de cada dia. Pé de taxista daria o quê? Ah, mas eu tava contando o caso do cara sem olho. Foi numa segunda-feira, dia internacional da preguiça. Um senhor fez sinal, eu parei. Olhei pelo retrovisor, só por hábito. Vi que o sujeito era distinto, mas saquei um troço esquisito no rosto dele. Olhei de novo, mais ligado... Meu, o olho do cara era de vidro! Os dois! Me aprumei no banco e tentei manter a calma. Afinal, motorista vê cada uma que parece duas.

Bom, e daí? Daí que ele, na maior calma, curtindo a paisagem, comentava cada detalhe que eu, por mais que franzisse o olho, não via era nada. Aquilo foi me dando nos nervos. Lá pelas tantas, rapaz, nem sei com que coragem, soltei essa:

– O senhor... Posso chamar o senhor de senhor, né? O senhor me desculpe a folga, mas vai enxergar bem assim lá na serra do Sumaré!

O sujeito parou de olhar pela janela e virou a cabeça na minha direção, bem devagar, mergulhado num silêncio de cemitério do Caju em dia de chuva. Cara, se arrependimento matasse, eu virava presunto na mesma hora... E no Caju ainda por cima! Ele ficou com aquele olho brilhante, paradão, me espiando. Com a voz emocionada, falou:

– Cesáreo... Posso te chamar de Cesáreo, né? Cesáreo, eu tava quase cego. Uma doença que peguei, quando menino, e não tratei. Meu cunhado, que é médico, descobriu essas lentes no Japão. Lentes milagrosas, Cesáreo! Substituem os óculos fundo de garrafa. Sabe há quantos anos não passeio pela praia, despreocupado, vendo as modas, as moças? Vinte anos! E você foi a primeira testemunha desse avanço da ciência. Obrigado pelo elogio: você não sabe o que ele significa pra mim!

Fiquei arrasado... Achando isso e aquilo do cidadão, e ele até me agradeceu. E a gorjeta que ganhei pelo elogio? Aí é que fiquei mesmo do tamanho de um botão, no chão. Me senti uma barata o resto do dia. O que salvou a pátria foram os dois turistas italianos. Um casal que peguei em Copacabana. Gente taluda, corada. Devem comer pizza até no café da manhã. Não manjavam xongas de português. A gente se comunicava por mímica. Os dois mexiam aquelas mãos de um jeito que nem sei pra que eles precisavam de boca pra falar! Tavam amando o Rio.

Tudo era belíssimo. Até flanelinha era belíssimo. Pra um desdentadinho de sorriso triste, que meteu a cara pela janela num sinal fechado, deram uma barra de chocolate. Ganhei uma também. Os caras sabem o que é bom!

Mas eu também me garanto, em termos alimentícios. Pintou a hora do almoço. Já estávamos rodando há um tempão. O casal deu a entender que estava com uma fome daquelas.

– Deixa comigo – falei em "mimiquês".

Fomos pra pensão da Baiana comer uma rabada. Claro, pô! O italiano vem ao Brasil e vai comer pizza? A Baiana é a única pessoa no mundo que tem coragem de servir uma rabada na segunda-feira. É pra acabar de matar o sujeito logo de cara! Meu irmão, aqueles dois pareciam um saco sem fundo: comeram até ficar com os olhinhos parados. Durante o percurso de volta pro hotel, vieram cantando ópera. Depois dizem que carioca não trata bem seus turistas. Uma ova! Os meus, logo na segunda, se me derem a honra de sua companhia pro almoço, traçam uma rabada de resposta!

E o escritor? Assim a história nunca que acaba. O escritor se chamava Nicola Muqui, Musse, Mu qualquer coisa. Não tenho muito estudo, nome gringo embatuca na língua. Gente boa, prosador. Também o cara só mexe com prosa. Tá com tudo e não tá prosa. Hum, infames os trocadilhos... Prosa... Agora que o trânsito deu um passinho à frente, dá pra ver bem: coisa linda é o Cristo iluminado! Eu que fico todo prosa de viver em uma cidade que tem uma das sete maravilhas modernas, que lembra ao carioca de ser carioca. Carioca amigo, daquele que tá sempre pronto a receber em casa, de braços abertos. Falar nisso, não posso esquecer de que, no final de semana, tem roda de samba lá em casa. E eu nem avisei a Inácia... Mas Naná é dez, não tem tempo ruim pra ela. Grande companheira, verdadeira centroavante. Com ela, não rola retranca!

O tal Nicola tava contando uma história lá de um livro dele, sobre um homem que muda totalmente de vida depois de ter uma visão. Interessante, isso já aconteceu comigo também. Meninos, eu vi! Um passageiro que peguei no Aeroporto do Galeão. Sujeito pilhadíssimo, cheio de pressa, tudo pra ontem. Precisava chegar ao Jardim Botânico em quarenta minutos.

– Doutor, não leva a mal não, mas o avião ficou aí atrás, ó! – falei, apontando o aeroporto.

Ele pareceu nem ouvir, ocupado que tava com uma pasta no colo, de onde saía mais papel do que em repartição pública. Vendo que ele não queria papo, liguei o rádio baixinho pra não incomodar o freguês. Curto música de uma tal forma que, num instante, fui pra outro planeta. Tocava uma das antigas, aquelas de dançar de rosto colado. Sonhando acordado, nem lembrava mais do cidadão. Tomei o maior susto quando ele falou:

– Aumenta, por favor.

– Doutor, já expliquei que não dá pra correr mais do que isso. Meu carro não tem hélice.

– A música, meu filho. Aumenta a música.

A gente entrou no túnel Rebouças, mas minha antena não nega fogo. Ficamos os dois ouvindo aquela melodia macia, cada qual com suas lembranças. Jacob do Bandolim e o conjunto Época de Ouro, Domingueiras, o Passeio Público sem grades, todas as praças do Rio livres pros namorados; pôr do sol no Recreio dos Bandeirantes, quando tudo era recreio... E veio vindo a luz no final do túnel. Na parte mais emocionante da música, saímos da caverna urbana e fomos envolvidos por um incêndio carmim, no céu, igual luz de freio, com nuvens cor de sangue que nem os mustangues daquela música antiga. A lembrança do pôr do sol no Recreio se repetia ali, na minha frente. Era de tirar o chapéu... E a gravata. Olhei pelo retrovisor e era isso mesmo que o cara tava fazendo.

– Mudei de ideia. Vai pela Lagoa, bem devagar.

– E o seu compromisso, doutor?

Pela cara do sujeito, achei melhor não discutir. Ele parecia meio, como dizer?, hipnotizado. Como se nunca tivesse visto um pôr de sol antes. Vai ver, era verdade.

– Para onde der.

Freguês manda. Não discuti: subi num canteiro, parei e ele saltou.

Com a gravata pendurada no ombro, ele ficou pasmado ali um tempão. Depois começou a chorar e rir ao mesmo tempo. "Ai, meu Deus, sobrou pra mim!", pensei. Isso tá com cara de dor de cotovelo. Prepara o ouvido, Cesáreo! De repente, ele se voltou pra mim. Estava vinte anos mais moço, uma paz de moleque estampada no rosto.

– Você viu o que eu vi?

– Um senhor pôr do sol, né, doutor?

– Mais do que isso, meu amigo, muito mais. Eu vi, afundando nessa lagoa aqui na nossa frente, um homem cego, seco e descolorido – ele disse um troço doido desses e ficou esperando minha reação.

– Então é melhor avisar a polícia! – respondi, já meio nervoso com aquela maluquice toda.

– Não, você não está entendendo. Esse homem era eu. A visão louca, linda, somada à música do seu rádio, abriu meus sentidos pra tudo o que eu estava deixando de viver. Sou outra criatura, renasci! Pode anotar: hoje, dia 12 de maio, você viu um homem nascer!

Coisa curiosa o ser humano. Passa mil vezes por um lugar, vê "trocentas" vezes a mesma cena, e, um belo dia, parece que o cara dá um clique, acorda os olhos da alma e se lembra de viver. Viver é pra já, o amanhã a Deus pertence. Por isso que eu, apesar de ficar preso nesse trem de doido, não perco tempo. Fico pensando nas coisas que já vivi, olhando as belezas da Cidade Maravilhosa, lá do jeito dela. As coisas boas, recolho; as ruins, espano pra debaixo do tapete. A gente também aprende com as coisas ruins. Tudo na vida é escola, é chão de asfalto pra se trilhar.

Por exemplo, uma lição que acabei de aprender é que tenho que tomar mais cuidado ao falar sozinho. O sujeito do carro aí do lado tá me olhando com uma cara... E daí? Duvido que ele não fale sozinho também. Sou veterano, falo desde miúdo. Lá em Paquetá, a bem da verdade, era com uma árvore que eu falava: a Tude. Esse era o apelido de uma alemãzinha que conheci, logo no primeiro ano do colégio. Primeiro ano, primeira desilusão amorosa: Gertrudes. Pra me consolar, sentava junto da amendoeira, defronte à casa do meu avô, e abria o coração... Oba, passageiro!

– Deixa eu ajudar a senhora a entrar no carro, madame.

– Obrigada, meu jovem. O Abelardo vai gostar de você. Quase não se acham mais moços educados hoje em dia.

Simpática, deve beirar uns oitenta anos. Cabelinho arrumado, boquinha pintada... Ela se cuida pra esse tal de Abelardo.

– Por favor, a corrida é para o endereço aqui no papelzinho, meu filho. Eu escrevo tudo, sabe? Ultimamente ando tão esquecida... Qual é mesmo o seu nome?

– Cesáreo, seu criado.

– Que nome imponente!

– E, com todo o respeito, qual é sua graça?

– Heloísa.

– Eu tenho uma sobrinha com esse nome. Acho muito bonito.

Que maravilha envelhecer assim, com a cabeça no lugar. Seguíamos nessa conversa tranquila até passarmos por uma demolição. Aflita, ela virou para o espaço vago no assento e comentou com o vazio:

– Abelardo, estão derrubando a casa do nosso amigo Inácio! Ai, meu Deus! Que será da viúva e dos filhos?

Será que o tal Abelardo é um cachorrinho que não vi entrar com ela? Pelo retrovisor, só distingo a passageira do jeito que entrou: bolsa de alça num braço, guarda-

-chuva no outro. Não se pode elogiar, pensei. Eu falo sozinho, sim, e assumo. Mas não falo nem com bolsa, nem com guarda-chuva!

– A senhora disse alguma coisa? – perguntei pra ver se ela caía na real.

– Não, falei com o Abelardo.

– Ah...

Nada de espanto, Cesáreo. Com muito menos idade do que a dela, tem uma pá de gente caducando por aí. Quem sabe até eu, de tanto falar sozinho, não vou acabar falando com as paredes?

– Chegamos, seu Cesáreo. Corridinha curta, né? Temos que fazer uso do automóvel pra andar uns poucos quarteirões. É o nosso reumatismo, meu e do Abelardo.

Ajudei-a a saltar. Quando fui fechar a porta, ela gritou:

– Olha a mão do Abelardo!

Pô, tomei um susto! Pensei que era outro carro tirando um fino do meu.

– Ô dona Heloísa, assim a senhora me mata do coração! E vai me desculpar a franqueza, mas não tô vendo Abelardo nenhum aqui!

Tem hora que eu devia usar esparadrapo nessa minha boca imensa. Isso é coisa que se diga a uma senhora idosa?

– Eu sei o que o senhor está pensando, seu Cesáreo: que sou uma velha coroca. Mas apesar de um pensamento tão feio, vou contar um segredo ao senhor. Sou viúva há mais de trinta anos. Amei muito o meu marido, e ele a mim. Só que acontece uma coisa encantada entre as pessoas que se amam: elas nunca se separam. E sabe por quê? Porque o amor é mais forte do que a morte. Quem ama não mata nem mesmo os seus mortos. Vamos, Abelardo!

Tomou, papudo? Aprende, Cesarinho! Lembra de que, quando criança, a vovó vivia puxando sua orelha por causa das coisas que você dizia às visitas? Se chegava uma dona gorda, eu cutucava sua banha pra ver se ela era uma baleia. Se era uma dona magra, cutucava pra descobrir se ela era um esqueleto pintado de cor da pele. É que eu sou curioso, ora bolas! "Curioso pode", dizia vó Neide, "mas com modos!" Pois é, se Deus quiser, um dia Cesarinho cresce...

Falar em morto, não é que a besta do carro resolveu morrer justo agora? Valei-me, são Cristóvão! Eu mereço; mereço, sim! Depois do mico que paguei com dona Heloísa, é até pequeno o castigo...

– E aí, Cesáreo? Foi pro estaleiro?

– Juvenal? Deus é pai! Dá uma mão aqui pro teu irmão que tá na pior.

É o que eu sempre digo: quem tem padrinho não morre pagão. Juvenal, companheiro que não vejo desde Paquetá! Pronto, de tanto futucar, o bendito carro pegou.

– Valeu, Juvenal! Mas me diga uma coisa: você também tá trabalhando na praça?

– Na praça? Mais respeito. Já viu o luxo que é o carro do papai aqui?

Que carro, meu! Nem dá pra acreditar, parece coisa de novela. O bicho tem televisão, ar-condicionado, frigobar (com tabela de preço e tudo), CD *player* (todos os sertanejos, todos os pagodes: fiquei louco com a seleção do cara!), MP3, MP4, MP5... Travesseirinho, revistas (inclusive importadas), todos os jornais do dia, *wi-fi*... Sinistro!

– Pô, assim é covardia, Juvenal! Não dá pra competir com um *pedigree* desses.

– São os novos tempos, meu amigo. A gente se esbarra por aí. Deixa eu correr atrás.

Perto do dele, meu carrinho parece de brinquedo. Novos tempos... Será que ele quis dizer que eu estou ultrapassado? É, mas o carro dele não tem o rostinho rechonchudo do Júnior enfeitando o meu "Papai, não corra", não tem nem a cara do dono. Carrão zero pode até ser, mas com zero de carinho. Bom, cada um investe no que acha que vale a pena. Tem gente que curte a vida real, tem gente que curte novela. Falar em novela, e a história do escritor que não desentala, caramba?

Então, voltando o filme, o tal Nicola, depois de contar aquela do cara que mudava de vida, desfiou casos da sua história de escritor. O bicho realmente ama literatura. Coisa bacana é um sujeito que gosta do que faz. Nesse ponto, não posso me queixar. Afinal, a gente vê tanta coisa que nem que combinasse dava pra arrumar do jeito que a vida arruma os acontecimentos na vida de um motorista.

Meninos, eu vi! Já vi foi coisa. Vi nascer um marmanjo no dia 12 de maio, lá na Lagoa. Vi nascer bebê também. Aliás, bebês. Era dia de carnaval. Ficava só pensando no desfile da minha Portela, que eu tava perdendo. Dureza rolando braba, só mesmo cantando o samba do Paulinho da Viola: "Foi um rio que passou em minha vida". Deixa passar, ano que vem vou à forra. Desci em direção à rua

Prudente de Moraes, a fim de pegar um rescaldo de folia da Banda de Ipanema. Aí avistei, encostada em um fusca caindo aos pedaços, uma jovem com a maior barriga de grávida que já pintou no pedaço. Mal dava conta de segurar uma mala de roupas e suava em bicas, a pobre. Me deu uma pena... Parei pra oferecer ajuda.

– Ai, moço, o senhor caiu do céu! Tô sentindo as dores do parto, meu marido viajou a serviço justo hoje e meu fusca não pega de jeito nenhum. Me leva pro hospital?

– Desde que a menina me prometa segurar o nenê até chegarmos lá. Não levo o menor jeito pra parteira.

E lá fomos nós, tranquilamente, até que, ao dobrarmos uma esquina, demos de cara com a Banda de Ipanema. Putz, tinha esquecido completamente que aquele era o trajeto dela! Empacamos geral. Eu, nervoso pela menina. A menina, nervosa pelo bebê. O clima foi ficando tenso. Comecei a buzinar. Ao primeiro toque da buzina, o guri, lá de dentro do barrigão, respondeu "presente".

– Vixe Maria, a bolsa estourou! – a mocinha gritou.

E agora, Cesáreo? Meu instinto paterno falou mais alto e saí do carro disposto a distribuir safanão em todo mundo pra fazer o táxi passar.

– Alto lá!

Meu braço ficou suspenso no ar. Estava diante do próprio general da banda, e nem tinha me dado conta. Engraçado que naquela hora a fantasia não esvaziou sua autoridade. Ao contrário, cada babado, cada medalha de latão no seu peito estufado, me convenceu, na hora, a ficar quietinho.

– Que história é essa de agredir nossos componentes, rapaz? Se não gosta de carnaval, fique em casa!

– Não é nada disso, seu general! É que a menina que levo no táxi tá querendo ganhar nenê. Só queria passar. Agora esse nó só desenrola com sua colaboração, que eu sei que o senhor é quem manda no pedaço.

Quando olhamos pro carro, a fim de decidir que estratégia usar, já estava armado o circo. Duas senhoras de cabeça branca, gêmeas, comandavam o parto que não quis esperar. Estandartes da banda cobriam as janelas do táxi, a fim de conferir privacidade à moça em hora tão difícil. Logo apareceram um doutor e uma enfermeira. Ele, vestido de Madonna; ela, de Michael Jackson.

"Deus do céu, que vai ser dessa pobre menina?", pensei, botando as mãos na cabeça.

Só que o bebê não saía de jeito nenhum. Todo mundo cantava uma marchinha, daquelas bem antigas, pra ver se acalmava o clima que tava ficando tenso de novo. Então, lembrei da buzina e da resposta do guri. Furei o bloqueio, meti a mão na janela do motorista, coberta por um estandarte rosa-choque e, às cegas, toquei a buzina com tudo. Quiseram me linchar! Custou um trabalhão, ao general, controlar o exército amotinado. Foi o próprio choro do bebê que deu um sossega-leão no povo. E comemoramos com uma gritaria digna de gol de Copa do Mundo!

– É uma menina! – gritou Michael Jackson, a cara pra fora da cabana improvisada. Para, logo em seguida, ser puxada de novo pra dentro.

O que teria acontecido? O que aconteceu é que a moça era uma fábrica de nenê! Cada um que nascia, nova comemoração. No final do campeonato, deu seis a zero. Seis meninas, todas saudáveis, umas gracinhas!

Bonito ver a solidariedade de todos com a jovem mãe. Mas emocionante mesmo foi ver a banda abrir passagem, maquiagem escorrendo com o choro da emoção, acenando perucas e fazendo um tapete de confete e serpentina pro táxi passar. Não teve carro alegórico mais bonito que o meu naquele carnaval. É que além de alguns estandartes que ainda pendiam das janelas, ele tava cheio de vida. Vida nova que misturava seu primeiro grito ao grito de carnaval. Deixei a menina e os bebês no hospital e fui pra casa: o dia já tava ganho. Haja coração!

Haja coração pra te aguentar, isso sim, Cesáreo. Acaba a história do escritor, pô! Uma coisa que o Nicola contou me chamou a atenção. A vida dupla que ele levava, lá no Chile, pra sobreviver na época da "dura". Exilado no próprio país. Tinha um nome, adotou outro. Até família falsa ele precisou arranjar. Me encantei com essa história de reinventar as coisas. Já pensou? Reinventar o Rio? Vinha assim uma espécie de fada, pendurada sobre a cidade, desfilando num bondinho de Santa Teresa voador. Daí ela fazia a polícia oferecer flor, e nosso coração sentir só amor. Amor uns pelos outros, por essa cidade linda. Que fazia sumir tudo que era buraco e espigão, fazer meu América ser campeão... E esse trânsito ir pro espaço!

Ué... O que é aquilo no banco de trás? Agora que me dei conta de que tem um troço largado ali. Deve ser de algum passageiro cabeça de vento. Tomara que tenha o nome do dono, assim posso devolver. Sou modesto, mas honesto, conforme aprendi de meu avô. Um livro? Deve ser do Nicola. Tem algo escrito na primeira página. Será um endereço? Não, é a dedicatória: "Para o Cesáreo, amigo volante, para que aprenda a voar". Tem também uma página marcada. Uai, não é que vim parar justo naquele ponto da Lagoa, em que o cara renasceu no dia 12 de maio? Vou estacionar no canteiro e ler a página marcada:

"Vivíamos feito gatos na noite, com movimentos cautelosos, salvaguardados pela escuridão. Numa dessas noites, alguém veio nos buscar num furgão de fábrica. Seguimos em silêncio, sem saber exatamente aonde nem para o que íamos. Pediram-me apenas para levar meu último livro, cujo conteúdo guardava mais na memória do que nas páginas já puídas pelo manuseio tenso, por medo de que caíssem em mãos erradas.

O carro, depois de muitas voltas, parou diante de um galpão mordido pelas trevas. Lá dentro havia uma fraca luz amarelada.

– Economia. Também chama menos atenção – revelou o motorista, homem de poucas palavras.

Entramos. Estava sendo realizada uma reunião do Sindicato dos Motoristas. À nossa entrada, calaram-se e voltaram seus olhares duros para nós.

Fazia muito frio, e a sala se enchia dos rolos de fumaça formados pela respiração de todos que, misturada aos cheiros de óleo e ferrugem, impregnava o lugar de um perfume vivo e assustador ao mesmo tempo.

Que dizer a essa gente? Que ponte construir entre minha vida e a deles? Sem conseguir decidir-me, para esconder a vontade de sair correndo, subi num caixote de peças que me serviu de palanque. Depois de dois pigarros nervosos, comecei:

– Nunca consegui deixar o Chile. Em todos os sentidos e apesar de minha pequena coragem. Aqui tenho e perdi muitos amigos. Aqui, entre muita luta e muitos tiros. O Chile, trago-o atravessado no coração como um talho. Ouçam o que escrevi sobre ele.

Achei que iriam se cansar e logo voltariam às suas estratégias de resistência. Mas as coisas não aconteceram assim. Diante do silêncio que crescia, entre uma leitura e outra, percebi que esperavam que terminasse a costura de palavras. Como se elas formassem uma coberta materna que nos protege em noites de pesadelo. Aqueles olhos turvos foram se iluminando, voltando à vida e acendendo, em meu coração, o gosto pela fraternidade e todas as virtudes que o medo tinha sepultado em mim. Em nós.

Terminada a leitura, desci do palanque num pulo. Já me preparava para partir quando um deles se aproximou.

– Somos homens acostumados a carregar pesados fardos – disse em voz alta. – Mas o fardo do nosso coração, hoje, quem o carregou, apenas com palavras, foi o senhor. Sinto-me como um filho que volta para casa. Muito obrigado por esse alívio em nossas dores.

Ao terminar seu discurso, explodiu num choro de criança. Liberto. Outros tantos também soluçavam. Saímos para a rua entre olhares úmidos e apertos de mãos rudes.

Pode um escritor ser o mesmo após ter passado por tais provas de frio e fogo?"*

Fiquei pasmado ali, o livro na mão, dividindo a cena com os chilenos descritos na prosa e os cariocas de carne, osso e carros, voltando pra casa. Fazia uma bela noite, estrelada, limpa. Eu também trago um lugar no coração e nunca havia me dado conta disso. Que nem no livro, com muita luta e tiros. Ao mesmo tempo, tem esse céu, o mar e a serra. Carnaval e festa de tudo que é jeito. Tem são Sebastião flechado e o Redentor de braços abertos... Ah, Rio! Aqui a gente é provado no frio e no fogo, mas passa. Que nem no dia de passar pela Banda de Ipanema, com o povo abrindo espaço e coração. A cidade que a gente quer

---

*Homenagem ao escritor chileno Pablo Neruda, o texto atribuído a Nicola Muqui "dialoga" com seu livro de memórias *Confesso que vivi* (p. 257-258, "O poder da poesia"). Tradução: Olga Savary. Rio de Janeiro: Difel, 1974.

brota do sonho, mas é no braço que a gente monta ela. É na mão. Mãos dadas. Mutirão. Frege. Mistura.

Taí, gostei desse negócio de literatura! Ficar matutando as coisas, então, era uma asa que eu tinha por dentro e não sabia. Esse Nicola Muqui e seu livro me acordaram pra uma vontade nova. É, bem que eu podia pegar os casos que sei, meu caso de amor com o Rio, e pôr num livro. Já tenho até o título: Meninos, eu vi!... E como!

Este livro foi composto com as tipografias Sabon e Bariol,
no estúdio Entrelinha Design, impresso em papel offset 90 g.